LE TRIOMPHE

DE LA RÉPUBLIQUE,

DIVERTISSEMENT LYRIQUE.

AVERTISSEMENT.

La bagatelle lyrique que l'on présente aux Lecteurs, est le fruit des délassemens d'un homme qui s'est occupé avec quelque succès de travaux littéraires plus importans et plus sérieux. Il a inséré dans cet opuscule plusieurs fragmens de ses Hymnes, composés pour différentes Fêtes Nationales, depuis 1789.

Réchauffé par le beau talent de Gossec, l'Ouvrage peut entretenir dans les cœurs l'amour de la Liberté, passion et besoin des Peuples qui ne sont pas dégénérés. C'est le but que l'Auteur s'est proposé dans tous ses Ecrits. Sa vie publique et littéraire, sera toujours conforme à ces principes sacrés, qu'il a professés dès sa première jeunesse, et plusieurs années avant la Révolution.

LE TRIOMPHE

DE LA RÉPUBLIQUE,

O U

LE CAMP DE GRAND-PRÉ;

DIVERTISSEMENT LYRIQUE,

En un acte;

Représenté par l'Académie de Musique, le 27 Janvier, l'an deuxième de la République Française.

La Musique est du Citoyen GOSSEC;
Les Ballets, du Citoyen GARDEL.

PRIX, 10 SOUS.

A PARIS,

Chez

BAUDOUIN, cour des Capucins-Saint-Honoré, N° 426.
DESENNE, au Palais de l'Egalité;
BAILLY, barrière des Sergens, rue Saint-Honoré.

PERSONNAGES.

LE GÉNÉRAL. Le C. Chéron.

L'AIDE-DE-CAMP du Général. Le C. Renaud.

LE MAIRE. Le C. Chardiny.

THOMAS. Le C. Laïs.

UN VIEILLARD, Soldat invalide. Le C. Adrien.

LA LIBERTÉ. La C. Maillard.

LAURETTE. La C. Gavaudan, Cadette.

OFFICIERS MUNICIPAUX.

VIEILLARDS, *dont quelques-uns sont vêtus en Soldats invalides.*

JEUNES GENS, *vêtus en Gardes nationaux, en Soldats de ligne ou en Villageois.*

FEMMES, *dont la plupart sont vêtues en Villageoises.*

ENFANS.

CITOYENS, de différentes Nations.

La Scène est à Grand-Pré dans le Camp des Français, qui est séparé du Camp des Prussiens par la rivière de l'Aisne.

LE TRIOMPHE

DE LA RÉPUBLIQUE.

SCÈNE PREMIÈRE.

LE MAIRE, LES OFFICIERS MUNICIPAUX ; CITOYENS, *vêtus en Gardes nationales,* VIEILLARDS, *dont quelques-uns sont vêtus en Soldats invalides ;* FEMMES, ENFANS.

CHŒUR.

Dieu du Peuple et des Rois, des Cités, des Campagnes,
De Luther, de Calvin, des enfans d'Israel ;
Dieu que le Guèbre adore au pied de ses montagnes,
    En invoquant l'astre du Ciel :
Ici sont rassemblés, sous Ton regard immense,
De l'Empire Français les fils et les soutiens,
Célébrant devant Toi leur bonheur qui commence ;
    Égaux à leurs yeux comme aux Tiens.

LE MAIRE.

Goûtez, Républicains, les douceurs de la trève
Qui vient d'être accordée aux ennemis vaincus ;
Du Finistère au Var, la Nation se lève,
Et vous verrez bientôt les tyrans abattus.
    Notre force les environne ;
Vos Chefs, votre vaillance, et les monts de l'Argonne

Sont les garans de nos succès.

Ne craignez rien d'un Roi barbare ;

Du camp de ses Guerriers l'Aisne en vain nous sépare ;

La Liberté chez eux saura trouver accès :

De nos Législateurs les généreux décrets

A Guillaume, à Brunswick porteront les alarmes ;

Les Soldats poseront les armes,

Et voudront tous être Français

CHOEUR.

Soleil, qui parcourant Ta route accoutumée,

Donnes, ravis le jour, et règles les saisons,

Qui versant des torrens de lumière enflammée,

Mûris nos fertiles moissons :

Feu pur, œil éternel, ame et ressort du monde,

Puisses-tu des Français admirer la splendeur !

Puisses-tu ne rien voir dans Ta course féconde

Qui soit égal à leur grandeur !

Malheur au despotisme ; et que l'Europe entière,

Du sang des oppresseurs engraissant ses sillons,

Soit pour notre Déesse un vaste sanctuaire,

Qui dure autant que Tes rayons !

Que des siècles trompés le long crime s'expie ;

Le Ciel pour être libre a fait l'humanité :

Ainsi que le tyran, l'esclave est un impie

Rebelle à la Divinité !

SCÈNE II.

Les mêmes, THOMAS, LAURETTE, VILLAGEOIS *et* VILLAGEOISES, *portant des fruits et du vin.*

THOMAS.

Citoyens, dont l'ardent courage
A bravé la Prusse en courroux,
Thomas, Citoyen comme vous,
Orateur, Chansonnier, Chanteur de son village,
A rassemblé dans les hameaux voisins,
Pour venir partager vos fêtes,
Des garçons, bons Soldats et bons Républicains,
Avec leurs jeunes sœurs, à danser toujours prêtes.
Nous apportons du vin.... ci-devant champenois;
Les Vandales voulaient en boire;
Nous en boirons ensemble à votre gloire,
A la santé du Peuple, à la chûte des Rois;
Et nous ferons danser nos gentilles compagnes
Autour du bel ormeau que vos mains ont planté
Sur la cime de ces montagnes,
En l'honneur de la Liberté.

LAURETTE.

Entonnons, pour le bal, cette ronde joyeuse
Que tu fis l'autre jour sur nos premiers succès;
J'en ai retenu les couplets,
Et du Chanteur Thomas, Laurette est la Chanteuse.

Thomas mettra la ronde en train ;
Puis après son couplet, le couplet de Laurette :
Nous poursuivrons ainsi durant la chansonnette ;
Et le Chœur avec nous chantera le refrain.

(On danse autour de l'arbre de la liberté ; des tables sont dressées dans le Camp ; les Citoyens mangent et boivent ensemble pendant la ronde.)

RONDE.

THOMAS.

Vous, aimables fillettes,
Et vous, jeunes garçons,
Aux sons de nos musettes,
Unissez vos chansons.

CHŒUR. Si vous aimez la danse,
Venez, accourez tous,
Boire du vin de France,
Et danser avec nous.

LAURETTE.

Ces Nobles et ces Princes,
Contre nous conjurés,
En quittant leurs provinces,
Disaient aux Émigrés :

CHŒUR. Si vous aimez la danse, etc.

THOMAS.

Quelques enfans timides
A leur premier effort,
Quelques Guerriers perfides
Leur ont chanté d'abord :

CHŒUR. Si vous aimez la danse, etc.

LAURETTE.

Ces bandes aguerries
S'avançaient à grands pas :
Du fond des Tuileries
On leur criait.... tout bas :

CHŒUR. Si vous aimez la danse, etc.

THOMAS.

Ici, d'un ton plus leste,
On les a fait danser :
Notre jeunesse est preste,
Et peut recommencer.

CHŒUR. Si vous aimez la danse, etc.

LAURETTE.

Nous avons l'humeur fière
Envers leurs potentats ;
Mais de notre rivière
Nous chantons aux Soldats :

CHŒUR. Si vous aimez la danse, etc.

THOMAS.

Une Loi bienfaisante,
Et qu'on vous montrera,
Donne cent francs de rente
A qui désertera.

CHŒUR. Si vous aimez la danse, etc.

LAURETTE.

Ces fils de la victoire,
Vaincus par les Français,
Passent les jours sans boire
Et ne dansent jamais.

CHŒUR. Si vous aimez la danse, etc.

Le Triomphe de la République.   A 5

THOMAS.

Déjà leur grand courage
Commence à se lasser;
Ils viennent à la nage
Pour boire et pour danser.

CHOEUR. Si vous aimez la danse, etc.

LAURETTE.

En ces lieux par douzaine
Il en vient chaque jour,
Puis, sur les bords de l'Aisne,
Ils chantent à leur tour:

CHOEUR. Si vous aimez la danse, etc.

THOMAS..

Bientôt l'Armée entière,
Hormis les Officiers,
Va, sous notre bannière,
Chanter dans nos foyers:

CHOEUR. Nous aimons tous la danse,
Et nous accourons tous
Boire du vin de France
Et danser avec vous.

(*La danse continue.*)

THOMAS.

Les habitans de ces bocages
Ont le courage et la fierté,
Et chacun porte en nos villages
Le bonnet de la Liberté.

Voulez-vous plaire à nos fillettes ?
Écartez les propos galans ;
Laissez les fadeurs, les fleurettes
Aux tendres Bergers du vieux temps.
Pour l'État, buvez à plein verre,
Soyez Soldat et Citoyen ;
La nuit, le jour, en paix, en guerre,
Aimez, chantez, battez-vous bien.

Les habitans de ces bocages
Ont le courage et la fierté, –
Et chacun porte en nos villages
Le bonnet de la Liberté.

(La danse recommence ; elle est interrompue presque aussitôt.
La générale bat ; les jeunes gens courent aux armes.)

SCÈNE III.

Les mêmes, L'AIDE-DE-CAMP du Général.

L'AIDE-DE-CAMP.

LA trompette a sonné ; tout vous appelle aux armes :
Un écrit insolent, dont il faut nous venger
Est venu dans ces lieux réveiller les alarmes ;
L'audacieux Brunswick ose nous outrager.
Le Général Français vient de rompre la trève ;
Il vous attend ; il marche à nos fiers ennemis :
Sur ces monts, dans ces bois, que leur perte s'achève ;
Vous reprendrez vos chants quand ils seront soumis.

A 6

LES JEUNES GENS.

Adieu, nos enfans et nos pères ;
Adieu, nos femmes et nos sœurs.
Périssent les Rois sanguinaires,
Par la main de vos défenseurs !

LES FEMMES ET LES ENFANS.

Hélas ! si vous perdez la vie,
Nos regrets seront éternels.

LES JEUNES GENS.

Nous vous léguons à la Patrie,
Qui vous tend ses bras maternels.

LES VIEILLARDS.

Ayez toujours le même zèle ;
Partez, revenez triomphans,
Et n'écoutez pas des enfans
Quand la Liberté vous appelle.

LES JEUNES GENS.

Vieillards, recevez nos sermens ;
Nous mourrons, s'il le faut, dignes de vous et d'Elle.

LES FEMMES.

De vos fils quel sera le sort ?

LES ENFANS.

Abandonnez-vous vos compagnes ?

LES JEUNES GENS.

Nous partons ; et sur ces montagnes
Nous jurons de trouver la victoire ou la mort.

(Les Jeunes Gens se retirent, sur l'air de la Marche de Châteauvieux.)

SCÈNE IV.

LE MAIRE, OFFICIERS MUNICIPAUX, VIEILLARDS, FEMMES, ENFANS.

UN VIEILLARD, *vêtu en Soldat Invalide.*

Dans les temps de notre jeunesse
Nous bravions les combats sanglans ;
Maintenant la triste vieillesse
Enchaîne nos bras impuissans.
Héritiers de notre courage,
Nos fils ont de plus grands destins ;
Ils ont sur nous un avantage :
Nous n'étions pas Républicains.

CHOEUR.

Ils ont sur nous un avantage :
Nous n'étions pas Républicains.

———

LAURETTE.

La trompette excite au carnage ;
De terreur je me sens glacer.

LE MAIRE.

L'airain gronde sur ce rivage ;
Le combat vient de commencer.

LAURETTE.

Verrons-nous immoler nos Braves
Par ces Vandales inhumains ?

LE MAIRE.

Ne redoutez point des esclaves ;
Nos Guerriers sont Républicains.

CHŒUR.

Ne redoutons point des esclaves ;
Nos Guerriers sont Républicains.

LES FEMMES.

La voix des femmes et des mères
T'implore, Arbitre des combats.

LE MAIRE, LES OFFICERS MUNICIPAUX, LES VIEILLARDS ET LES ENFANS.

La voix des enfans et des pères
S'unit aux vœux des Magistrats.

TOUS.

Exauce ces vœux légitimes,
Dieu qui tiens le glaive en tes mains.
Choisis les Tyrans pour victimes ;
Epargne nos Républicains.

LAURETE.

Voyez ces troupes fugitives
N'osant combattre nos héros.

LE MAIRE.

Voyez ces phalanges craintives
Se précipiter dans les flots.

LE VIEILLARD.

Entendez ces chants de victoire
Retentir sur les monts voisins.

CHŒUR DE GUERRIERS *dans le lointain.*

Vivent la Patrie et la Gloire,
Et nos Soldats Républicains !

SCÈNE V.

Les mêmes, LE GÉNÉRAL, son AIDE-DE-CAMP, GARDES NATIONALES et TROUPES-DE-LIGNE.

CHŒUR DE GUERRIERS *hors du théâtre.*

Marche de Châteauvieux.

Qu'une fête
Ici s'apprête ;
Nos Guerriers sont de retour :
Liberté, dans ce beau jour,
Viens remplir notre ame ;
Répands sur nous tes bienfaits ;
Que ta voix nous enflamme ;
Chéris toujours les Français,
Et rends leur la Paix
A jamais.

Les Guerriers arrivent sur le Théâtre, et le Chœur continue.

Vous, frémissez, ennemis de la France,
Fils ingrats, Despotes jaloux :
Si vous bravez sa vaillance,
Vous tomberez tous
Sous ses coups.
La Liberté nous a servi de guide ;
Son glaive et son égide
Ont marché devant nous
Contre vous.

Qu'une fête
Ici s'apprête ;
L'ennemi fuit sans retour :
Liberté, dans ce beau jour,
Viens remplir notre ame :
Répands sur nous tes bienfaits ;
Que ta voix nous enflamme ;
Chéris toujours les Français,
Et rends-leur la paix
A jamais. (1)

Evolutions militaires.

LE GÉNÉRAL.

Recommencez vos chants et vos danses légères.
Vos époux, vos enfans, vos frères,
Ont de la tyrannie écrasé les soutiens.

____

(1) Les vers de cette marche ont été parodiés sur la musique. Elle a
été exécutée pour la première fois à la fête des Soldats de Châteauvieux.

THOMAS.

Vous qui savez si bien guider notre vaillance,
  Chef, dont nous aimons la prudence ;
Racontez la Victoire à nos concitoyens.

LE GÉNÉRAL.

A peine sur ces monts la trompette guerrière
  Avait rassemblé les Français,
  L'ennemi, sortant des forêts,
  Découvre son Armée entière ;
Et deux Peuples rivaux, lancés dans la carrière,
D'un combat meurtrier commencent les apprêts.

  Déjà l'airain tonne
  Et la charge sonne.
  A ces fiers accens,
  Dont la douce ivresse
  De notre Jeunesse
  Enflamme les sens,
  Brûlant de courage,
  Guerrier sur guerrier,
  Coursier sur coursier,
  S'élance avec rage.
  Parmi le carnage,
  Les cris, le fracas,
  Une ardeur nouvelle
  Remplit les Soldats ;
  Le fer étincelle
  Et vole en éclats,
  Et le sang ruisselle
  Par-tout sur nos pas.

LE GÉNÉRAL, L'AIDE-DE-CAMP, THOMAS.

Enfin dans ces plaines funestes,
Rassemblant quelques foibles restes,
L'ennemi s'enfuit éperdu :
Mais couvert de sang et de gloire,
Le Français chante sa victoire,
Et pardonne au soldat vaincu.

CHŒUR GÉNÉRAL.

Premier bien des mortels, ô Liberté chérie,
Liberté, que notre Patrie
Suive à jamais tes étendarts.
Descends des Cieux ; viens embellir ta fête ;
Que les palmes couvrent ta tête ;
Descends avec la paix, l'abondance et les arts.
Ennemis des tyrans, commencez vos cantiques,
Brûlez l'encens sur son autel ;
Et que vos mains patriotiques
Couronnent son front immortel.

SCÈNE VI.

Les mêmes ; LA LIBERTÉ, descendant du ciel sur un nuage, accompagnée des Génies des Arts et de l'Abondance.

LA LIBERTÉ.

Nouveaux Républicains, de qui la voix m'implore,
Je me rends à vos vœux, je descends parmi vous :
Un beau jour luit pour moi ; je vous en dois l'aurore,
    Et votre hommage m'est bien doux.
Je naquis autrefois sous le ciel de la Grèce ;
C'est-là que des beaux arts la troupe enchanteresse
    Vint présider à mon berceau.
Rome, en chassant les Rois, m'environna de gloire ;
Mais l'orgueil du Sénat, l'abus de la victoire,
    Me plongèrent dans le tombeau.
    J'y fus long-temps ensévelie ;
Aux Monts Helvétiens, Tell me rendit la vie :
    Sur les pas du premier Nassau,
Le Batave indigné, bravant la tyrannie,
    Triomphant des Rois et des mers,
Sur les flots enchaînés me fit une patrie ;
Franklin me transplanta dans un autre Univers.
    N'enviez point la Grèce antique,
Et Rome, et l'Helvétie, et l'heureuse Amérique ;
La Nation Française a mieux connu ses droits ;
Elle a su proclamer, en bannissant ses Rois,
    L'unité de la République.

Vingt Peuples, sur mes pas réunis en ce jour,
Viennent dans vos remparts chercher un grand exemple ;
La France est désormais le Temple
Où je dois fixer mon séjour.

(La Liberté s'avance dans le Camp, ainsi que les Génies qui l'environnent, et vient s'asseoir sur un trophée d'armes et de drapeaux. Le nuage qui la porte remonte, et laisse voir dans l'enfoncement différentes Nations du Monde, remarquables par leurs costumes.)

ENTRÉE DES NATIONS.

CHOEUR GÉNÉRAL.

Vive à jamais, vive la Liberté !
Reçois nos vœux, chère et sainte Patrie ;
Nous jurons d'obéir, de donner notre vie,
Pour nos lois, pour l'Égalité ;
Que la France entière s'écrie :
Vive à jamais, vive la Liberté !

LE MAIRE.

Guerriers, qui volez aux combats,
En respectant les lois, méritez la victoire ;
La vertu fait les vrais soldats ;
C'est dans la vertu qu'est la gloire......
Épargnez le sang des humains ;
En conquérant la paix, sanctifiez la guerre ;
Les palmes sur le front, l'olive dans les mains,
Délivrez et calmez la terre.

CHŒUR GÉNÉRAL.

Vive à jamais, vive la Liberté !
Reçois nos vœux, chère et sainte Patrie ;
Nous jurons d'obéir, de donner notre vie,
Pour nos lois, pour l'Égalité :
Que la France entière s'écrie ;
Vive à jamais, vive la Liberté !

(On exécute des danses analogues aux différentes Nations.)

LE GÉNÉRAL.

Que devient l'ardeur intrépide
De ces conquérans aguerris,
Qui devoient dans leur vol rapide
Renverser les murs de Paris ?
La France a fait plier sous Elle
Les tyrans et leur fol orgueil ;
Le Rhin, la Marne, la Moselle,
De leurs guerriers sont le cercueil.

CHŒUR.

Chantons, dansons ; la Patrie est contente ;
Par-tout ses braves défenseurs
Ont frappé les Rois d'épouvante.
La République est triomphante ;
Chantons, dansons ; nos frères sont vainqueurs.

L'AIDE-DE-CAMP.

Le sombre tyran des Vandales,
Vengeur et complice des Rois,

Devant ses enseignes fatales
Se flattait de courber nos droits.
Il menaçait ; il prend la fuite,
Il court, au fond de son palais,
Pleurer sa puissance détruite,
Et trembler au nom des Français.

CHOEUR.

Chantons, dansons ; la Patrie est contente ; etc.

LE GÉNÉRAL.

A Namur, à Spire, à Mayence,
On réclame l'Égalité :
A Chambéry, le Peuple danse
Sous l'arbre de la Liberté.
Enflammés d'un même génie,
Tous les Peuples vont à-la-fois
Briser la triple tyrannie
Des Prêtres, des Grands et des Rois.

CHOEUR.

Chantons, dansons ; la Patrie est contente ; etc.

THOMAS.

Déja le Brabant nous appelle ,
Et Liége implore nos guerriers ;
Courons dans les murs de Bruxelle ,
Conquérir de nouveaux lauriers.
Si l'Autriche résiste encore ,
De Vienne gagnons les remparts ;
Plantons l'étendart tricolore
Au sein du palais des Césars.

CHOEUR.

Chantons, dansons ; la Patrie est contente ; etc.

LE GÉNÉRAL.

Citoyens, que de Rome esclave
Les fers soient brisés par nos mains :
Aux lieux où siège le conclave,
Ressuscitons les vieux Romains ;
Et dans cette terre classique,
Déserte aujourd'hui de vertus,
Réveillons la cendre héroïque
Et des Gracques et des Brutus.

CHOEUR.

Chantons, dansons ; la Patrie est contente ;
Par-tout ses braves défenseurs
Ont frappé les Rois d'épouvante :
La République est triomphante ;
Chantons, dansons ; nos frères sont vainqueurs.

DE L'IMPRIMERIE NATIONALE.